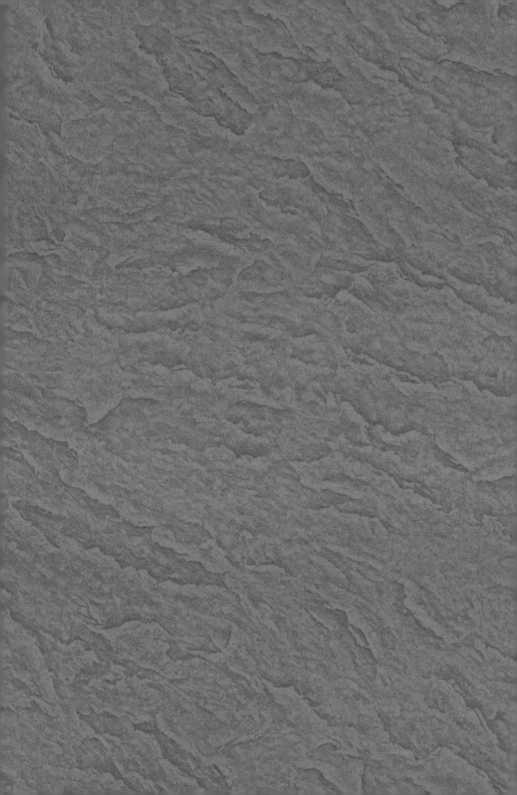

叙事詩

# 時空を翔ける遍歴

*Tsukiyama Tamon*

築山多門

土曜美術社出版販売

# 叙事詩　時空を翔ける遍歴＊目次

## 第一章　太陽系第三惑星の遍歴



## 第二章　星々の遍歴

叙事詩

# 時空を翔ける遍歴

# 第一章　太陽系第三惑星の遍歴

# 序詩

たとえば　リンとユイの物語
もしくは　シロウとミウの哀話
耳を澄ませば聴こえてくる
断ち切れない想いの　数々の伝説

形あるもの　なべて滅び大地に還る
形のない魂のみ　肉体から遊離し
星々を巡り　邂逅と別離
生死《しょうじ》を繰り返す　時空の旅人

宇宙の広大無辺と　遥かな時の流れに
憎悪があり　策謀があり　戦争があった
戦争の果てについえた惑星さえあった

その興亡を繰り返す　銀河の星間に
一輪の奇跡の花が咲いた
星々に語り継がれる　愛の遍歴の物語

# 旅立ち　1

## リンとユイ　1

頭の中からまた声が聞こえる
ここはお前のいる場所ではない
お前はいずれ旅に出る　終わりのない旅
七歳の私はお転婆で考えなしの娘だった

私を呼んでる声がするの――
転た寝《うたね》から覚めた十歳の私

お人形を抱いて〈私いなくなる〉と訴える
〈何寝ぼけてるの〉と　母のつれないことば

声は既定の事実のように呼びかける
お前は時を旅するエトランゼ
十五で出逢うだろう　運命の絆と

楡《にれ》の木陰でリスがさかしらな眼を研ぎ
厨《くりや》の片隅ではコオロギが別離の予感に鳴き
声に導かれ　したためる両親への置き手紙

# 旅立ち　2

## リンとユイ　2

お父さん　お母さん
時が来ました
白昼も中天に煌めく誘い星
銀《しろがね》にまたたき　告げています
《旅立ちの時が来た　出発せよ》と

私は行かなくてはなりません

約束されたお方とお逢いするため
逢えばなつかしさにふるえ
一目でそのお方と分かるでしょう

お父さんもお母さんも
信じてはくれませんでしたけれど
何年も前からお話してきました
予言の声に導かれて
旅立ちをしなくてはならないことを
その時がやってきたのです

お父さん　お母さん
ごめんなさい
辛い思いをさせて

何一つ恩返しできなくて　でも

一つだけ恩返しをさせてください
幼い頃から私の予感は当たってきました
その予感が告げています
今年の秋
羊を売りにバザールにでかけるとき
南の追手返しの渓谷を通ってはいけません
山崩れか雪崩か盗賊かわかりませんが
きっと災難が降りかかります

風が出てきました
誘い星もいっそう妖しく煌めいています
月明かりでしたためるこのお手紙も

涙で書けなくなりました
お父さん　お母さん
いつまでもお元気で

# 辻音楽師と少女

リンとユイ　3

日差しは澄明なままに傾こうとしていた
大きな川を結ぶ橋のたもと
オリエント風の曲を奏でる辻音楽師
三弦の竪琴に合わせた歌声のすずやかさ

犬は石畳に座り　猫は寝そべり
永遠の時の流れに沈みこむような懐かしさに

しゃがんで頬杖を突いて聴いている少女
チャペルの時鉦が鳴り終わるとともに消えた歌声
目《め》眩《くら》ましから覚醒したかのように犬猫は立ち去り
少女は竪琴を片付ける青い目の青年に話しかける
〈まためぐり逢えたね　遠い遠い時を隔てて〉

〈かつてあなたは森番の息子　わたしは巫女だった
　今のわたしの名はユイ〉
青年は深い眼差しで〈オレはリン〉

# 第二章　星々の遍歴

# 終わりなき始まり

大宇宙も一つの生命体であり生々流転する
しかも　弱肉強食の世界であり
銀河も星々もその例外ではない

ＦＮＧＣ２４６１棒渦巻銀河と
ＦＮＧＣ３３５７渦巻銀河が接近し
Ｘ形に衝突　離れるまでに八億年
直径七万五千光年の棒渦巻銀河は
直径十八万光年の渦巻銀河に半ば吸収され

分子雲は蛸足状に大きく変化し飛散した

銀河の衝突により幾千万の星が消滅し
なかでも太陽の質量九倍と三十二倍の
巨星同士の衝突大爆発は明るい閃光を放ち
幾億年の時を隔てて地球の夜空からも
三等星ほどの輝きとして眺められたに違いない

星々の衝突や超新星の大爆発により
その破片や星間ガスが億千万の星雲を形成し
やがてその中から新たに無数の恒星が誕生した
この時できた太陽の質量一・三倍の
ＸＳＺ１０８主系列星には
第五惑星ミロスが三つの衛星を伴って誕生した

ミロスの火山噴火がおさまり地熱が冷え
穏やかな大気が地表を覆い海も鎮まって
二十五億年後　初めて単細胞の生命が誕生した
いまから地球年紀十二億五千万年前のことである

# soul bond（霊魂の絆）1

ピュルリルリルリロー　ピュルル
互いに啼き交わす歓びの歌声は空を渡り
明るい渓谷の隅々にまで響き
透き通った羽根は陽光にさくらんぼう色に染まった

今朝　身籠もったらしいと告げられたシロウ
ミウの手を取り　踊りつ舞いつ空の高みへ
二人の愛の讃歌を聞きつけ　森や野から
風に運ばれる仲間たちの祝福の歌声

雲が影を落とす野の花は待ち受けていた
ニンフに見紛うクロスたちが蜜を集めに来るのを
若者も少女たちも壺を抱え飛び回りながら

大木カヌーの枝の瀟洒《しょうしゃ》な家にはシロウの老いた父
自らの羽根に包まれウツラウツラと舟を漕ぐ
惑星ミロスに生命が誕生して十一億年後の朝のこと

# soul bond（霊魂の絆）2

森の梢に沈む上弦の月を追うように　日輪はいましも
中天にかかり　東の空には白い満月が昇ろうとしてい
た　海から飛んできた翡翠色の羽根のツツタージュが
異変を知らせた
〈背丈の高い二足歩行の獣が　船に乗り海を渡ってや
って来る　あなた方と異なり羽根はなく　かわりに
長い尻尾がある　気になるのは　その獣たちは皮を
剥いで作ったらしい毛皮を腰当てに巻いている〉

〈何も気にすることはないさ　この大陸に海を渡って
　来た初めての大切な客人　歓迎しなくては〉
鳥人クロスには戦いのＤＮＡが備わっていない　道具
はあっても武器を持たない　一メートル足らずの痩せ
た背丈に二対の羽根に両手両足　言語は発達している
が文字は持たない　食物は花の蜜　木の実や柔らかい
木の葉
合図の縦笛が鳴らされ　クロスたちは思い思いに歓迎
と見物を兼ねて海岸に　なかには嬰児を抱いた若い母
親の姿も

嵐に翻弄されたらしく　二本マストの横帆は裂け　帆
綱が垂れ下がり破損した船が浅瀬に乗り上げた　乗船
していたのは　尻尾の長い獣が二十匹ほど　手に手に

銅剣を携え　弓と箙《えびら》を背負って上陸したとみるや　なんらの逡巡も見せず　牙を剝きクロスたちに襲いかかった
若い女性を除き　老人子どもの区別なく　或いは刺され或いは斬られて横たわる骸《むくろ》　クロスたちは目を見開き　声にならぬ声を上げ　何らの抵抗もせずに惨殺されていく　中には翼を広げて飛び立つものもいるが　獣たちに弓で射られ墜ちてゆく　若い女クロス十四・五命《めい》は飛び立つことができないよう羽根を荒縄で縛られて船へ　奴隷としてか食肉用としてか　その中にミウの姿が――
獣たちはクロスの家々を襲い　貯蔵していた木の実や花の蜜壺を掠奪し　家に火を付ける　質素ながらも清

潔な家は　大木カヌーと共に鮮やかな滅亡の焔を舞い上げる　僅か三時間足らずに殺戮と破壊の限りを尽くし　水・食糧・燃料を船に積み込んだ　その間に船に残っていた獣は帆を繕《つくろ》い船体の補修　動作は機敏で目にはいささかの感情の動きもなく　襲撃にも収奪にも慣れた種族だとわかる　憐憫の情を微塵も抱かないのは　天の川銀河太陽系第三惑星のヒトが同じ哺乳類のウシやシカを襲い　あまつさえ同属までも殺戮するのと同じで　むしろ込み上げる歓びの激情を抑えかねて時折雄叫びを上げる

優しさだけではいずこの星でも　いつの時代でも生存できない　自らの行為を顧みない残忍な心の持ち主と知恵のあるモノだけが生き残るのだ　〝羞じらい〟な

どという感情は最も高度な文明の産物　なぜなら　その感情は種族保存の論理に属さない　自らを顧みる感情なのだから

燃えさかるクロスの棲む森を背に　帆船は出航する
船上には羽根を縛られた女たち　艫《とも》から身を乗り出し　故郷の大地に向かって声を限りに叫ぶ　ピューロロルリルリローと　冷やかな眼の獣は女の後ろ髪を摑んで引きずり倒す
陸地から日輪の光輝を身に浴び　羽ばたきながら船を慕う孤影――

# soul bond（霊魂の絆）　3

陽は翳り　波濤に月光が砕け散る
シロウは船影を追い天翔ける
〈ヒュルリルリロ　ミウ　ミウ　行かないで
ぼくはここだよ　ミウ　ミウ　ピュルレルレリ〉

船に近づき舞い降りようとすると
蛮族の放つ鋭い矢風が耳もとを過ぎる
捕らわれた女たちに混じって　船端に
はかなげなミウの細い身体が打ち伏している

仲間にうながされてミウは夜空を見上げる
満天の星　煌々と冴え渡る満月を浴びてシロウの姿
ミウは立ち上がり　船端から身を乗り出し
声を限りに叫び返す〈シロウ　シロウ　私はここよ〉

身籠もったミウがただ慕わしく恋しく
ピュルルレリレリロと妻恋の歌を繰り返し
繰り返してはやがて喉は張り裂け
涙は月光をはじいて波間に散る

月は沈み日は昇り　中天にさしかかり
また日は沈み　再び日が昇るころ
シロウの羽ばたく力は衰え　次第に海面に近づく

身をかわすいとまもなく　一筋の矢が胸を射抜く

声もなくシロウは頭から海に呑まれる
ヒューイという悲痛なミウの声にならぬ叫び
この時　まなじりは裂け咄嗟《とっさ》の間の決意
ミウは船端からシロウの後を慕って海へ

これまでクロスの歴史にない行為　自死
二命《めい》の霊魂は海底から青い燐光を放ち
もつれ合いながら宙《そら》高く昇天し固く結ばれた
ヒュルルピュレリロと歓喜のこだまを残して

このシロウとミウの汚れのない一途な魂が
やがて〝ソウル・ボンド〟と呼ばれ

遥かな時をめぐるこの物語の嚆矢《こうし》
地球暦一億三千五百万年前の惑星ミロスでのこと

# 碩学とレオ　1

ワシはあらゆる学問を究めたが　謎は深まるばかり
つまるところ　人生は無明の世界を彷徨うことか
ああ　明かりがほしい　一筋の光明が
この百五十余年の生涯を照らす灯火もなかった

〈ガロン　ガロン　わたしを見て
あなたは見ても見ていない
あなたは　ただ幻を追っているだけ
わたしはあなたのすぐ傍よ　ガロン　ガロン〉

かつて星は夜空に瞬いていた　鳥は歌っていた
今では空は冥く　ドームは無明の闇の底
さあて身支度をせねばなるまい　旅立ちの時は来た
〈あなたの往く処　どこにでもわたしはついて行く
でもあなたはわたしを顧みようとしない
ガロン　わたしはあなたの影でしかないの？〉

# 碩学とレオ　2

ＦＮＧ７０７Ｘ渦巻銀河のＸＳＹ２０９主星第六惑星
オロン　オロン上に君臨する知性ある生物が出現して
三千五百万年　二足歩行のユマが道具を使用して二万
八千年　現在ユマは世界各地でドーム内での生活を余
儀なくされ　ゆるやかな終末に身を委ねている

三百八十年前までは　まだかろうじて空は青かったが
　大気はすでに汚染され　オゾン層も半ば破壊されて
大量の紫外線が降り注いでいた　ユマの肥大化した脳

とそれに伴う烈しい知的欲望　探究心　征服欲はついには手にしてはならないものに手を染め　世界の破滅を招いた　五十八億の人口は一億三千万にまで激減し　やがて世界各地にドームを建設し現在に至っている　しかし　ドーム内のユマの多くは無気力となり　生殖能力は衰えていた

ガロンは百歳を過ぎた頃から　身辺の寂寥に耐えられなくなった　初めて味わう孤独　これまで一筋に学問に没頭し　真理の探求こそが悦びであり　他を顧みる余裕とてなかった　ところがふと周囲を見渡すと　かつて共に学んだ友はみな妻帯し　なかには子までもうけている者もいる——顧みて　自分は何を得たか　未だ真理の片鱗さえ摑めず　暗中に模索している　二間

の部屋の半ばは書籍に埋もれ　後はベッドと炊事道具
筆記用具ばかり　壁に一枚の絵とてもない

ガロンの日課　毎朝の散歩の途中　ふと見慣れないも
のを目にした　丸く柔らかそうで白い毛に覆われ　ふ
わふわした小さな生きもの　物怖じしない目でガロン
を見つめている　なんとなく語りかけてでもいるよう
な　すると三角形の頂点にある星眼が見開かれ　その
金色の眼から　懐かしい思いにかられる白光がガロン
を包んだ　思わずその白い生きものを抱き上げた

レオと名付けたキャックスは惑星オロンのドームでは
絶滅危惧種で　足は六本　眼は三つ　体長六〇センチ
ほどの小動物　ガロンと共同生活をするようになって

以来　彼の行く所　レオの姿を見ないことはない　超然としてガロン以外には懐かない
大学の講義中でも演壇の上に座り　学生には一瞥もくれず　ひたすらガロンを見つめている　まさに一体の置物と化して

上を見ても疑似太陽が映写されているだけ　左右に公園　商店街　高層ビルが立ち並んでいてもガロンはひたすら俯き歩くだけ　規則正しい歩調によって脳が活性化するのだ　レオは左横を音もなく優雅な足どりで歩く
この日　レオはふいに数メートル先行し　前方左の市庁舎に視線を止め　近づくガロンのガウンの裾を銜《くわ》えてひっぱった　これまで指図がましいことをしなかっ

たレオ　怪訝に思い眼をやると　見開かれている星眼　本来金色の星眼がこの時はルビー色に赤く輝いている　永年の経験により赤眼は危険のサイン　ガロンは立ち止まり踵を返した　ややあって大地を揺るがす爆発があり　市庁舎が崩れ落ちた　ガロンもレオも何事もなかったかのように家路につく

ガロンとレオは無二の親友であり　同士でもある　一日中行動を共にし　互いにさりげない言葉をかけ合う　しかしガロンは寂しい　胸に巣くっていた寂寥感は　いっときレオによって紛らわされたものの　百三十歳になろうとする頃から　レオと生活していても常に満たされない思いが胸を嚙み　ふさぎこむことが多くなった　一つはユマの未来への絶望　一つは恋とい

ううま酒を一度も飲み干すことなく生涯を終えること　これまで文学など所詮はフィクション　たわむれ事と軽侮していたが　密かに読む物語になんと美しい愛が描かれていることか　そのような胸のときめきの経験のなかったこと　かぐわしい異性の一人さえいなかったことが悔やまれるのであった
かたや　ガロンの心中を推し量って　遠慮がちに見守るレオの寂しそうな眼差し

# 碩学とレオ　3

ガロンはようやく永い眠りに就こうとしていた
各種生体移植を行えば　寿命は延びると知りながら
ガロンは生涯を賭けた学問探求に倦み
ドームでの生活にも希望を見出せない

〈このベッドの傍らに優しく見守る女性がいたならば
ワシの生活は彩り豊かなものになっていたろうか
百五十年の生涯に花一輪の追憶もない虚しさ
ああユマの滅びを見る前に　逝くこととしようか〉

ガロンはレオに手を差し伸べた
レオはその手に愛おしそうに頬ずりしていたが
骨ばった手はバタリと落ちた

〈ガロン　ガロン　あなたは逝ってしまった〉
ガロンの胸に頭を預けレオの魂がガロンを追ったのは
それから六日後の朝まだきのこと

# 魂の呼び声　1

〈チェリン　チェリン……〉
かすかな　低く籠もる男の声
今では　誰かと振り返ることもしなくなった
頭の中に染み通る　哀調を帯びたトーン

神祇庁霊鬼部育成所を卒業後
癒しの霊鬼として十五歳で一人立ちし
王宮の太后殿に仕えたころから
何時とはなしに始まった　懐かしい呼び声

懐かしい――そうなのだ
遥か未生以前から聞き慣れた
魂に直接呼びかけてくるような

〈誰なの　あなたは　だれ〉
心に問いかけはするが　チェリンは気づいていた
おそらくは　宿星の定める運命の人

# 魂の呼び声　２

ＦＮＧＣ６５８X渦巻銀河の　ＸＳＹ１０３９主星第
四惑星オルミス　二足歩行の知的生命体が出現して十
八万二千年
南北に広がるシラメンティス大陸は八か国が互いに覇
を競い合っていたが　タミゴス王国だけは別格で　何
れの国も兵を動かし　侵略する意図を持たなかった
それはタミゴスは神が降臨する国と畏れられていたか
らである

タミゴスの地層には　海に向かって東南に伸びる鉱脈がある　その青く光る妖石を採取して手に持つと　皮膚が焼け爛れて紫檀色に変色し　やがては壊死し死に至る
〝霊鬼〟と呼ばれる特殊な能力を持った者が生まれるのもタミゴス国のみであり、それは妖石に起因すると考えられていた

霊鬼の〝鬼〟とは技能優れた者の呼称　霊鬼には予言鬼　記憶鬼　読心鬼　透視鬼　癒し鬼などさまざまだが　この者たちは三寸余の頭頂部の角が白銀色で　体毛が白いのが特色である　生まれると直ちに神祇庁霊鬼部が取り上げ　如何なる霊の持ち主かを精査する
もし人を殺めることに愉悦を覚える殺人鬼や　人の心

を操る操心鬼と判明すれば　直ちに抹殺してしまう

チェリンは生まれ落ちると　直ちに神祇庁霊鬼部育成所で　父母の氏名はおろか顔さえも知らずに育てられた　彼女は患部に掌《てのひら》をかざし疾患部を探り当てると霊気を送り治癒させる癒し鬼であった　数少ない癒し鬼の中でも　かなり強力な霊力を生まれながらに備えていた

チェリンが十五歳で育成部を卒業と同時に　神祇庁武術部よりモランが護衛官兼監視役として侍者となった　監視役とはチェリンがいつ殺人鬼や操心鬼に変貌するかしれず　その場合には時を置かず殺害するのもモランの任務であった　その任務のことはチェリン自

身　霊師から育成部卒業時に教えられていた

彼の角と体毛はグレー　年齢は定かではないが　チェリンよりはかなり年長である　筋骨逞しく　髭面で頬には二寸ばかりの傷がある　寡黙でチェリンにさえほとんど口をきくことはなかった

武術の中でも　とりわけ剣槍の技に優れ　まさにチェリンの影となって扈従《こじゅう》していた

このころから　どこからともなく〈チェリン　チェリン……〉と呼ぶ　男の低い声が聴こえ始めた　目を閉じて耳を澄ます　なにやらとても懐かしい声に思われた

神王ギギ帝の五年　チェリンはそれまで仕えていた太

后殿を追われた　皇太后の膝元で養われていた皇女三の宮が流行り病に倒れ　治癒できなかったためである

チェリンにも治癒できない病があった　それは寿命と　本人が生きることを拒否した場合である　三の宮は寿命であった　しかしそれを神王や王妃　皇太后に告げることは　余りに痛ましくてできなかった　医師団の日頃からの嫉みもあり　三の宮の死の原因は癒しの霊鬼の妖術によるものとの讒言《ざんげん》によって　チェリンは王宮を追放されたのである

以来八年　チェリンは癒しの霊鬼として国々を放浪の旅をしてきた　チェリンの治癒力の噂はまたたく間にタミゴスはおろか　他国にまで広まり　いつしか人々

は尊崇の念から〝御霊《みたま》の使徒〟と呼ぶようになった
それが却ってチェリンの災いの元ともなった　もとも
と他国の王たちは予言鬼及び癒し鬼を　密かに誘拐し
自国の宝剣としようと　画策していたからである

何度か他国の武装団に襲われながらも　モランの剣技
によって　からくも危難を脱してきた
危機を逃れ　サンダルの皮紐が摩りきれるほど旅を重
ねるにつれ　チェリンを呼ぶ声は　なぜか峡谷を渡る
風のように哀調を帯びるようになった
旅から旅へのチェリン自身も話し相手もなく　おのず
と自らに語りかけることが多くなった

村の乙女たちが胸をこがす

恋ってどんなものなのかしら
あの輝く日輪のようにあたたかく
風のように軽やかで
波のように心にひびくものかしら

名無しの慕わしい声のお方よ
どこにいるの
いつ逢えるの
雲に聞いても応えてくれない
風に尋ねても教えてくれない
ただざんざめき
通り過ぎるだけ――

草原を抜け　森に入ろうとするとき　モランが素早く

チェリンの前に出て短槍を構えた　森の奥の暗闇から
双つの青く光る瞳　警戒するでもなく出てきたのはテ
ィルクル　凶暴さと敏捷さでは大陸随一の山猫　誇り
高く項《うなじ》を上げていたが　チェリンの三間ほど手前でガ
クリと前肢を折った　チェリンはモランを押し退け
ティルクルに近寄り　目を覗きこんで言った　〈もう
大丈夫よ　どれ診せてごらん〉
チェリンはティルクルの頭　喉から腹部にかけて掌を
這わせると　下腹部あたりで動きを止めた　〈やはり
ね　ネズミを食べたんだね　そのネズミが毒草を食べ
ていたんだよ　もう安心おし　治してあげるからね〉
凶暴なティルクルの表情の中に　かすかに安堵の光が
灯った
森陰から　憂わしげに見つめる双眸の青い光

# 魂の呼び声　3

虫の音も　鳥の啼き声も止んだ
きな臭い緊張をはらんだ木立
チェリンを岩陰に潜ませ
モランはわずかに右脚を前にして腰を落とす
二筋の矢が　風を切り裂く

一筋の矢は体を開いてかわし
二の矢は短槍で払ったが　後方でくぐもった悲鳴
素早く一瞥すると　チェリンの背中に突き立つ流れ矢

チェリンは声を洩らすまいと
口に掌を押し当てながら崩れ伏す

額に三日月と三星の刺青
察するところ南の国デュゴランの刺客か
王は久しく病に伏しているとの噂
刺客はいずれも手練の五人
中でもひとりの女刺客は常にモランの背後を狙い
熊ん蜂のように煩わしい

五人を相手ではさすがのモランも受身となる
気がかりなチェリンを目の片隅で追うごとに
刺客の短槍や剣がモランを切り裂く
二人を突き殺したところで短槍が折れ

背後の剣をかわしたところを
長身の刺客の短槍がモランの脇腹を貫く
同時に　モランの剣も相手の喉を抉るが
たまらずモランは片膝をつき　剣で身体を支える
そこを女刺客が飛び込んで止めを刺すべく
剣を大上段に振りかざす
もはやこれまでかとモラン

くぐもった女刺客の悲鳴
思わず目を上げるモラン
するとティルクルが女刺客の頸に牙を立てていた
残った一人の刺客も背後から
一頭のティルクルに襲われていた

二頭のティルクルはチェリンに近づき
身体のそこかしこを嗅いでいたが
気遣わしげにチェリンの側を離れようとはしない
モランは脇腹を圧えつつチェリンの傍らに
背中の矢を抜き　衣を切り裂き応急の手当て
その後　そっとチェリンを抱き上げ
〈チェリン　チェリン〉と呼びかけた

幽明の彼方から呼びかける聞き慣れた　懐かしい声
この声はまさしくモランの声
これほど近く宿星の定める人がいたとは
私はいつの日か　殺人鬼か操心鬼に成り果て
モランに殺されるものと覚悟していた
ああ　なんと鈍感で愚かであったことか

心で呟くことばは軽い　それにひきかえ
現実のなんと過酷で重いことか

睫毛をふるわせ目を開け　モランに語りかける
〈あなたがいつも心に呼びかけてくれていたのね
モラン　モラン　あなたが運命の人だったとは
ああ　あなたも怪我をしてるのね
その傷は　必ず私の霊気で治しましょう
私が霊気を使い切り　意識が無くなったなら
私を背負って　この森の奥の泉に連れて行って
私たち霊鬼と獣だけが知っている癒しの泉です
その泉にはティルクルが導いてくれるでしょう
この世はうたかた　ほんの束の間の夢
その束の間こそ　これからの二人の永遠の時――〉

チェリンはモランの腕の中から起き上がり
モランを横たえ　脇腹に手をかざす
するとチェリンの身体から花の香りが立ち上り
やがて血は止まり　傷口は塞がり
モランは気力が戻ってくるのを感じた
花の香りが薄れるとともに　チェリンの意識が遠のく
モランはチェリンを壊れやすい宝物のように背負い
ティルクルに目で合図した

# 星の流れ落ちる彼方に　1

北天遥か　瀑布のように流れ落ちる銀河
大きな牙形の三日月を背負って
二頭のオルフはひたすら北をめざして走る
雪原は死の静寂をはらんで青白く輝いている

すでに大型の肉食獣も草食獣も絶滅した
わずかに小動物が生きながらえ
雑食性のオルフのみ雪原を駆けめぐる
惑星キャメロンが氷河期に入って七百年

仲間たちはみな南の大地めざして旅立った
二頭は古老の言い伝えを信じて北へ
火を噴く山の麓に温かい泉の湧く緑の大地があると
オロンは妻のメロンを気遣って何度も振り返る
メロンの眼の輝きは失せ　足どりは重い
白く輝く三日月の牙が胸にささるよう――

# 星の流れ落ちる彼方に　2

月光に青く輝く雪原　二頭のオルフは互いの想いを胸
に走る　一度目の出産に引き続き　今回の出産でも子
どもたちを育てられなかった　二頭の子は母乳の出な
い乳房にしがみついたままこと切れた　メロンの失意
は深く　心の傷口はいまも生々しい　衰える気力を振
り絞ってオロンの後を慕う　メロンにはそうしなけれ
ばならない理由があった　オルフ種族の秘密があった
のだ

ふいにオロンは立ち止まった　先が三叉になった尻尾を上に向けた　尾の先は四方を探り警戒する　風の音が違う　空気が違う　星の瞬きが違う
〈メロン　急ごう〉
〈ええ　やってくるわね〉
夜明け前には襲来するだろう　二頭は周囲を見回し西方に小高い岩山を認めると　一刻も早くと疾駆した

全天白い幕に覆われ　風が次第に強くなってきた　二頭は岩山周辺を巡り　中でも一段と大きな岩塊《がんかい》の根方の雪を掘りはじめた　近づくブリザードとの競争　地表の雪と氷が横殴りの風に渦となって巻き上がる頃ふいに掘り下げた雪が割れ　転がり落ちたオロン　洞《ほら》になっていたのである

思いがけなく広い洞穴　仄かな明かりは光ごけのもたらすものか　雑食性のオルフは蘚苔類《せんたいるい》が好物で　これで　しばらくは命永らえることができると安堵した
洞穴内は温かく　苔を口にするより前に睡魔が襲って来たが　まだ眠りもやらぬオロンの嗅覚が　懐かしい匂いを捕らえた

洞穴の隅で　不意の闖入者に脅え　縮こまっているもの　白毛に淡い青縞を持ったサンコス　骨は柔らかく肉に甘みがあるオロンの大好物　襲いかかろうとした刹那
〈ダメ　やめて！〉
と　メロンがオロンに体当たり　身体を丸めて震えて

いるサンコス　メロンは怖がらないように優しくサンコスを転がすと　腹の下に幼児を抱えていた　母親は眼を見開き　哀願と諦めと――
〈なぜ　子を抱いているとわかったのだ〉
〈子どもを産んだ母親だけが持つ　或る特別な匂いがあるのよ〉
咆哮する風雪　ブリザードは更に烈しさを増して

洞から頭を出してみると　一昼夜荒れ狂ったブリザードはおさまり　再び満天の銀河の星々　大気が澄んでいるためか一昨日よりも煌《きらめ》き　上弦の月は更に丸みを帯びて青さを増している　すると　夜空に異変を察知したのか　メロンの尻尾が上に伸び　周囲を警戒しはじめた　子を産んだメロンの感覚はひときわ鋭敏にな

っており　オロンもそれに倣《なら》う　しかし　尻尾はなんらの異常も捉えられない　やがて空の一角に光が満ち　青・赤・紫・黄と光の帯が幾筋も下りてきた　荘厳な天界の神秘オーロラである　オルフにとって初めてのオーロラ　それは荘厳なスペクタクルであり　神秘の極みであった　オロンは頭を上げ　オーロロロローンと遠吠えをあげた　二度　三度と

オロンとメロンは並走して走る　走る　時にはわずかの風にも結晶のような雪が舞い上がり　キラキラと漂い陽の光を虹色にはじく　体力の尽きるところ　そこが死に場所とわかっていて　オロンとメロンはひた走ると　前方にわずかに堆《うずたか》くなっている雪の塊《かたまり》　近づくと同じ種族のオルフの二頭の死骸　やはり古老の伝承

を信じてここまで来て力尽きたか　それともブリザードにやられたか　二頭は寄り添い雄が雌をかき抱くようにして亡くなっていた　結ばれたオルフはどちらか一方が死ぬと　飢えて死ぬまでその場を立ち去ることはない　これがオルフの種の秘密であり　メロンが気力を振り絞ってオロンを追ってきた理由であった

あと半日の行程に　薄く噴煙を上げる火の山が望まれた

ＦＮＧＣ４１５Ｘ楕円銀河のＸＳＹ９９３主星第五惑星キャメロンでのこと　キャメロンの氷河期は　七百年経過したとはいえ　始まったばかり

# 死活の交わり　1

〈居るか　ソラ〉静かな声でおとないを入れる
〈入れ　リク〉懐かしさのこもった声
粗末な小屋の戸を開けると　頬杖を突いているソラ
徳利をテーブルに置き　ソラの眼を覗きこむリク

〈なぜ　逃げなかった〉
〈なぜ　ここだとわかった〉
互いに応えを知りながら
湖面を搏つ水鳥の羽ばたきの音

〈兄のこと　お詫びする　申し訳なかった〉
〈ウム　リルケが不愍《ふびん》でな〉
多くの言外の言葉を飲みこみ　応酬する盃

二人で過ごした少年時代の想い出がよぎる
師範の目を盗み　酒を酌み交わしたこともあった
時が近づいている　また湖面を叩く水鳥の音

# 死活の交わり　2

おぼつかない足取りで螺旋階段を登る　冷えきった石
壁を手探りで伝い歩くが　冷たさを意識する感覚は失
われていた　髪は乱れ　破れている銀鼠《ぎんねず》の貫頭衣《かんとうい》　や
っと最上階にたどり着き　手すりから身を乗り出す
あるかなきかの風が黄金色の髪をなぶる　青白い額を
月明かりに向け　下弦のインカと十三夜のカナカの月
光を浴び何事か一心に念じていたが　唇から洩れた言
葉は〈リク〉の一言のみ　やがて遥か下界に視線を落
とすが　網膜にはなんらの形象もとどめない　リルケ

は飛ぶ　薄い雁皮紙のように　その後を皇子《みこ》の塔に巣くっていた黒い鳥たちが追った

神王聖誕祭の夜　女性たちは月の祭殿に詣で　幾ばくかの銀貨を供え　幸せを祈念する習わしがあった
リルケは永年仕えてきた侍女ホラキヨを供に　祭殿に額《ぬか》ずいた帰途　仮面を被った四人の暴漢に襲われた
頭部に打撲による裂傷を負い　気を失ったホラキヨが後刻語ったことには　主犯格の男は微かに吃《ども》る癖があったようだと証言した　〈吃る男〉——ソラには心当たりがあった

世継ぎの皇子ビアンカは悪癖奇行で知られていた　しかし王家の嫡男の行跡は侍従たちによって秘匿され

一般庶民に知られることは稀であったが　貴族連の耳目を覆い隠すことはできなかった　ビアンカは月足らずで生まれ　幼少時は虚弱体質であった　そのため神王ならびに王妃に溺愛された　世継ぎの皇子の立太子即位後は行動に規範がなく　とりわけお付きの者たちに対しても　サディスティックな行為が目立ち　興奮すると目が据わり　吃る癖が見受けられた　加えてこの一年間だけでも　王都で若い女性が拉致《らち》されたり失踪する者が後を絶たなかった

幾夜さも世継ぎの皇子の館周辺を探索しても　警護の衛士たちに阻まれ門内を窺《うかが》うことすらできない　徒《いたず》らに日が経ち　思い余って第五王子リクに相談した　リクとソラは六歳から十七歳まで十二年間ともに学び武

芸を競いあった　まさに天の川銀河太陽系第三惑星の「晋書」にある〝竹馬の友〟である　リクに相談することは　リクにとっては兄でもある世継ぎの皇子ビアンカを疑い　場合によれば敵にまわすということである

リクの母は身分の低い神官の出自で　神王の後宮にあっても影が薄かった　リクは母のたっての願いで六歳から　王家・神官の子弟が通う白龍門所ではなく　文官・武官の貴族の子弟が学ぶ青龍門所に通った　その真意は　これまで王位簒奪《さんだつ》を狙う者は親族のなかでも　王位継承権優位にある弟妹たちが多かった　世継ぎの皇子が王位を継承した後　密かに弟妹を殺害するのはそのためである　それを察したリクの母は　息子

を貴族の子弟が学ぶ青龍門所に通わせ　臣下としての道を歩ませたのである

青ざめたリクの口から　思いがけない言葉が洩れた

――言いにくいことだが　幽界の谷を探せ

リクは青龍門所に通っていた頃から　ソラの家に入り浸っていた　リルケとは幼馴染みで　盲目のリルケを妹のように慈しんだ　そのリルケが〈吃る男〉に攫《さら》われたということは　リクにとっても衝撃であったはずだ　ソラは幽界の谷と聞き　虚空を睨み　激しい拳を柱に叩きつけた　幽界の谷とは王都の郊外にあるギトラ山の渓谷で　刑場で首を刎ねられた罪人の死体を遺棄する場所である　死体は黒鳥や餓狼の群れが口腹を満たす　果たして幽界の谷にリルケのキトンを留める

留め金が見つかった　留め金にはソラのシュワルツ家の紋章が刻印されてあったのである

ソラの父は六年前に他界し　母には侍女をつけて遠い縁戚に身を潜ませた　伝来の家宝を売り払い　その金を家僕たちに餞別として分け与えた　風雨激しさを増す夜　ソラは皇子の館に忍び入り　酒に酔い痴れて就寝しているビアンカを刺殺した　寝所の壁に貼られた紙に曰く

《邪神に仕えず　神は我が心の裡《うち》に在り》

現神王は伯母にあたる前神王を毒殺して王位を簒奪したとの噂がある　秘匿されればされるほど　その噂は真実味をもって巷間に伝えられた　それほど現神王は王位を神授された者にしては　神意に背く振る舞いが

甚だしかったのである

神王は激怒した　鍾愛していた世継ぎの皇子を暗殺されたからばかりではない　ソラの遺した文言にあった　それは現在の神権政治を真っ向から否定するものであった　怒りの矛先は周囲にも及び　その夜警護に当たっていた宿直の者たちは　罪を問われて全員斬首　直ちに各地に追捕使が派遣されたが　ソラの行方は杳《よう》として分からなかった　ついに幼少時より青龍門所でソラと武芸双璧と言われた　第五王子リクに追討の命が下った

リクには確信があった　ソラが潜んでいる場所　そこは二人だけの秘密の隠れ家――青龍門所を巣立った翌

日　二人で目的地を定めない旅に出て　思いがけず迷
いこんだ神秘の湖　さざ波は陽の光を受けて虹色にき
らめき　鳥たちは湖面と木々の梢で啼き交わし　王都
とはまったく異なった時間が流れていた　湖畔に建つ
粗末な小屋で過ごした数日は　二人にとって忘れ得ぬ
鮮烈な想い出の日々となった

# 死活の交わり　3

ソラとリクが対峙《たいじ》する七尋《ひろ》は　一撃必殺の間合い
二人ともに両手に諸刃の剣を握り
ジリジリと間合いを詰める
互いに相手の目も剣先も見ようとしない
二人の間には異様な静けさが支配していた

温暖な気候の王国にも秋は訪れ
陽射しは透明度を増し
風は蕭々として樹間を渡り

ひとしきり木の葉を散り急がせる
二人の立つ僅かばかりの草原にもすだく虫

この時　対峙する二人の間の草むらから
両足で立って大きな目をくるりと廻しながら
リクとソラの様子をうかがっていたクマネズミ
警戒を解き　巣穴から二匹の仔を呼び寄せた
殺気みなぎる闘争の場には近づかないはずが――

跳躍する二人　馬手の剣を鋭く刺突し　すれ違う
互いに腹に剣を突き立てたまま　草地に落下
王国の剣士の刀法は　利き腕で攻撃し
空いた手で相手の剣を打ち払い防御するが
二人は共に防御することはなかった

腹の剣をそのままに　ソラとリクはにじり寄る
互いの目を見つめ　微苦笑を浮かべ納得する
止血し　手当てをすれば助からぬ命ではない
だがこの時　二人は互いに覚っていた
相手に討たれ　この場で果てる覚悟だったことを

誇りと誇り　痛みと痛み　許しと許しを伴った絆
苦しい息のなか　世俗のしがらみを断ち切るソラ
〈死して志を遂げ　冥府でともに活きようぞ〉
〈そうだな　もう誰に遠慮することもない……〉
手と手を握り　笑みさえも浮かべて
目で合図しあって　腹から一気に剣を引き抜く
ほとばしる血潮　遠のく意識――

ＦＮＧＣ６３９６棒状銀河ＸＳＬ５０５主星第四惑星
核爆発　放射能汚染によって
アルフ星人絶滅まで遺された年数は三千五百年

# 第三章　再び　太陽系第三惑星の遍歴

# 狼と鹿

いくつ夜を重ね　歩き続けたことか
群れとはぐれ　空を晦ます砂嵐にめしい
疲労と飢えによろぼい歩く狼
霜枯れた草原にただよう獲物の匂い

ふいに一頭の鹿が頭をもたげ警戒の鳴き声
風上から荒野を疾駆する剽盗の匂い
一斉に逃げ出す群れの後を鼬・狐が続く
ところが群れに逆らい狼の方へ向き直る若い牝鹿

足もとも定まらない狼はかすむ眼を瞠り
ただ嗅覚と狩りの本能を頼りに駆け出した
草原の彼方に蜃気楼のように浮かぶ鹿の群れ
これを逃せば　もう二度と餌にありつけない

若い牝鹿は待っていた
狼の走りはのろく　ときによろめく
天敵に抱く本能の脅えよりも強く
永い時の流れに刻まれた魂の誓いに従って

狼は戸惑った　なぜこの鹿は逃げないのか
なぜオレを恐れないのかと
鹿は自分の使命を自覚し犠牲を覚悟していた

私は久しくこの方との邂逅を待ち望んでいた

牙を剝いて威嚇しても　瞳を逸らさない鹿
〈あなたの飢えを満たしなさい
　さあ　私をお食べなさい〉
一瞬の躊躇の後　狼は鹿の急所に牙を打ちこんだ

狼のかすむ眼ははっきりと捉えていた
南方の天の一角に昼なお青く輝く二連星
狼は狼狽した　この胸を嚙む寂寥は――
哀切にみちた遠吠えは荒野に殷々と響き渡った

天の川銀河太陽系第三惑星
地球暦紀元前一万二千五百年前のこと

# アトランティスの最期　1

火の山は噴煙を上げつづけ
山の上には厚い雲が
雲にはときおり稲妻が走り
大木を裂き　岩をうがつ

今日　これで何度目だろう
大地の底で目覚めた龍神
鳴動し吠え猛り　ひとしきり
鳥たちを梢から飛び立たせた

この国では神は生贄を求める
愛することが罪であるのなら
喜んでこの身を捧げましょう

あなたの中にわたしは生きる
わたしの中にあなたは生きる
たとえこの世界が果敢なくなろうとも

# アトランティスの最期　2

〈どうだ　痛くはないか　苦しくはないかい〉
〈いいえ　すこしも　あなたは痛くありませんの〉
〈大丈夫だよ　自分でも不思議なんだが痛くない〉
倒壊した家の梁《はり》の下敷きになった老夫婦　なぜ痛みが
ないのか　二人はその理由を知っていた　すでに知覚
神経が麻痺し　死期が近付いていることを　ただ互い
にそのことについては触れなかった

一か月程前から微震が続き　海では不漁続き　陸では

鳥が騒ぎ　常にはいがみ合う獣同士が　群れをなして
山を駆け下り　中には谷底に転げ落ちるものもいた
田畑に地割れが生じ　思いがけない箇所から温泉が吹
き出した

昨日未明　かつてない大地震が大陸を襲った　老夫婦
の棲むボラボス山の中腹から眺めると　威容を誇って
聳えていた太陽の祭神殿がもろく崩れ落ち　それに付
随する尖塔も瓦礫の堆積となった　まして華麗な王宮
や街並みは飴細工のように瓦解した　やや暫くの時を
経て押し寄せた大津波　一瞬に都は水没し　海水が引
いた後は　大地が陥没し　畑・町・山など次々と海に
呑みこまれていった

夫婦が仰臥しているボラボス山も鳴動を繰り返し　熱く滾《たぎ》っていることがわかる　噴火が早いか夫婦の命の燈が尽きるのが早いか　すると一頭のユニコーンが傷ついた脚を引きずりながら老夫婦に近づき　二人にそれぞれ口移しに水を飲ませた　ユニコーンも身体を横たえ　梁にはさまれた老人の胸に頬を擦り寄せた　目は何かを訴えるように哀しく澄んでいた

〈おまえは機屋《はたや》の一人娘　ワシはこの火の山の神域を守る森番の息子　幼い頃にはよく二人で遊んだね〉
〈そうですね　わたしはいつもからかわれていましたよ　でもそれがとっても嬉しかった〉
〈うん　ちょっかい出してからかうしか　好きだと表現できなかったんだよ〉

会話が途切れ二人の荒い息が続いた　ユニコーンがゆっくり頭を上げ　老人の掌を舐めた

老婦人は息を整え　言葉を継いだ
〈わたしが十三の歳のことでした　神官が村にやって来て　無理やり巫女見習いに連れて行かれたのは〉
〈それから三年　二つ違いのワシは十八　月の祭神殿に忍びこみ　お前を攫《さら》って山に逃げこんだ〉
〈ああ　あの時のことを思い出すと　今でも胸がときめきますよ　やっとこれであなたと一緒になれる
もう死んでも殺されてもいいって　山中に隠れて暮らした七年の歳月も　少しも辛いとは思いませんでした……〉
苦しい息ながら　穏やかな物言いであり　来し方を回

想する婦人は微笑みさえ浮かべていた

当時　アトランティスでは略奪婚が一般の風習だった
が　王宮の女官と祭神殿の巫女は例外で　見つかれば
男女ともに斬首が掟だった　ただし　七年を過ぎて逃
亡した二人が見つからない場合には　両者死亡と見な
されて追捕は止み　罪は免れる

〈あれから　もう五十年になりますね〉
〈幾多の戦争　飢饉　疫病　それらを潜りぬけて
　長いようで短い一生だった〉
老いてなお筋骨たくましい老人の胸が大きく喘いだ
ユニコーンは再び頭をもたげることはしなかった
〈わたし　ちょっと眠くなりましたわ〉

〈そうかい　それじゃゆっくりおやすみ――〉

山頂で雷鳴が轟き　地底からマグマが駆け上っていた

アトランティス大陸が完全に水没したのは　地球暦紀元前九千四百五十年前のことである

## パリの屋根裏　1

### リンとユイ　4

朦朧としていた意識も戻り　熱も下がったようだ
窓から射しこむ春の光に　うつらうつらとユイ
看病疲れの彼女の寝顔を　いとしげに見守るリン
この屋根裏部屋が　礼拝堂のようにも思われて

寝汗臭いシーツは　長旅の疲れの遺留品
ここに居をさだめてわずかに二十日ばかり

ところで今日は何曜日かと記憶をたどるも
思い出すのは荒野の石くれとイラクサばかり

ユイよ　おまえの心はいまどこにある?
ああ　もうすぐ夕暮れがくるだろう
尖塔の陽の反射が　ユイの目裏をくすぐっている

おまえはまだ十七　オレは祈らずにはいられない
おまえの瞳がこれからも澄んでいるように　と
厳しい遍歴の旅はこれからも続くのだから

# パリの屋根裏　2

## リンとユイ　5

ソースの染みついたテーブルクロス
人待ち顔のスープ皿　鍋敷
ベッドに頬づえを突き　リンの顔を見守るユイ
〈どうだいリンの具合は　ちっとはよくおなりかい〉
自称　ロシア亡命貴族の血を引くとかなんとか
シチュー鍋を持ってきた左隣の老婦人
〈おやまあ　よく飽きないもんだねえ　そんなに見つ
めるとリンの顔に穴があくよ〉

湯気の立つ　ボルシチはニイナ婆さんのお得意料理
〈まあおいしそう　深い紅色ね〉
〈この色はね　テーブルビートから出るんだ　ビタミンCが豊富でね　リンのために牛肉も奮発したよ〉
匂いにつられてリンはベッドから起き上がり
〈本当においしそうだ〉と鼻をひくつかせる
ニイナ婆さんは手際よく各自のスープ皿に取り分け
ボルシチのレシピをユイに教える　このところ
ニイナ婆さんは旅に明け暮れるユイの家庭科の先生

ノックと同時に闖入して来たのはボヘミアンのダンカ
〈おや　いい匂いだな　ところでリンのようすは？〉
と　フランスパンと袋に入ったオレンジをユイに

右隣に住むダンカはプラハからやってきた画家
鼻の頭とグレイの髪にコバルト・ブルーの絵具
〈手を洗ってから席にお着きなさいな〉とユイ
狭い屋根裏部屋も賑やかなランチの席に

リンの顔にも血の気がもどり
思いなしか元気になったような
〈ダンカさんは雀を飼っているんですってね〉
興味深げなユイの質問に　ダンカは照れながら
〈ええ　朝の散歩の時にマロニエの根元に　羽根を痛
　めて動けなくなっていたのをね〉
すかさず　ニイナ婆さんが茶化す
〈自分もろくに食べられないっていうのに　お前さん
　らしいね〉

〈ノン　ノン　小雀の啄《ついば》む量なんて　雀の涙ほどです
から〉
梁が剝き出しの部屋には朗らかな笑い声が満ち
発光するやわらかい魂が微笑んでいた

春の陽射しが傾き始めたころ
ドアをノックするためらいがちな小さな音
訪問者は階下に住むアルジェからの移民三世
七歳のラファエルと五歳の妹サフィ
粗末な身なりの天使たち　はにかみながらラファエル
〈ママがこれをリンおじちゃんにって　元気のもとだ
って〉
ラファエルの手にワイン　サフィの手にはチーズ
リンはベッドに起き上がって本を読んでいたが

ポーランド出身の奇術師から教わった
コインやカードを使った簡単な手品を二人の天使に
天使たちは息を詰め　まるで魔法使いを見るまなざし

テレビもない部屋では　夜は二人の会話が続く
〈みんないい人たちね　しばらくここにいたいね〉
〈そうだね……〉
でもリンは次の言葉を呑み込む
　みんな貧しいから優しくなれるんだよ
　助け合わなくては生きていけないんだよ
　富んだ者たちは自己満足のために
　施しはするけれど　助けたりはしないものさ
純粋で疑うことを知らないユイ
ユイを見守る深い眼差しのリン

# パリの屋根裏　3

## リンとユイ　6

三弦琴の音色は五月の青空に
リンの唄とユイの鈴の音は公園の木立の中に
若いカップルや子供たち　ベンチの老人や鳩たち
さながら祝祭に酔ったように耳傾けて

ダンカは大きな椽の木に身体をあずけ
リンの演奏とユイの踊りをスケッチ

クレーに心酔している彼の油絵が完成するときには
おそらく○△□の入り混じったモザイク模様の抽象画

おしまいを告げるユイの優雅なお辞儀
帽子に投げ入れられるはずのコインが
コロコロ転がってリンの足もとに
コインはマッチ売りの少女のマッチにも替えられる

森に雲が影を作り　光の音楽が途絶えた
〈あーあ　ふたりの間のポエジーが消えちまった〉
さも落胆したように　ダンカは両手を広げ
スケッチブックを片付けたが　満足げな微笑み

風船を手にしたラファエルとサフィに似た子供たち

二匹の蝶のように舞いながらもつれあいながら
すると　女の子の持っていた風船がふわりと空へ
それを見ていたリンとユイの時間が止まった

〈ユイ　聞こえるかい　オレたちを呼んでいる声が〉
リンの言葉には感傷を拒む勁い意志が籠められていた
〈ええ　聞こえるわ　もうパリともお別れね……〉
ユイの言葉には未練が淋しさを後押ししていた

# 祈り　1

## リンとユイ　7

身にまとう光も音も無く
闇に佇み　静かに涙するユイ
ヒロシマ平和記念資料館の数々の展示品
無惨に被爆したケロイド状の皮膚の写真

ユイに言葉をかけるのもはばかられ
沈黙は黒い血の衣をまとう

喪われた言葉に　リンは悲しみの曲をつむぐ
一瞬にして奪われた十数万の霊の声を心耳に

「原爆の子の像」の近く　公園の片隅
リンは歌わず　三弦琴でレクイエムを奏でるだけ
ユイは踊らず　巡礼者のように鈴を振るだけ

両親に伴われた十歳ばかりの黒人の少女
敬虔に胸の前で両手の指を組み　聞きいっている
修学旅行の女子生徒たちがさんざめき　通り過ぎる

# 祈り　2

## リンとユイ　8

観光客や慰霊の人びとの姿もまばらになり　風が立ちそめた　リンはナップザックと三弦琴を肩に　ユイに目配せして平和記念公園から　太田川沿いの舗道に出ようとしたその時　先を行くユイが〈あっ〉と振り向いた〈どうした〉との問いかけに〈誰かがわたしのTシャツの裾を引っ張ったの〉と怪訝そうな顔　するとリンの耳元で風がささやく〈ゆかないで〉大地の幽遠から触手が伸びて踝を絡み取られる感触——この

地に留めようとする何者かの力が働いている

夕闇迫る公園　リンは胡座《あぐら》を組み立ち木に背をあずけて眼を閉じ　何事かを感じ取ろうとするかのように右の掌をそっと地面についている　ユイはリンの斜め前に両膝の上に顎をのせ　ことばを封印してリンを見守っている

心を洞《うつ》ろにし耳を澄ます　街のざわめき　木々と遊ぶ風のゆらぎ　川の瀬音と水鳥の羽ばたき　立ち去る恋人たちのさざめき　それにもまして　尻や掌を通してゾワッと伝わってくるもの——不安な気配　せせらぎを思わせる音　いや　声だ　かすかな湧き起こる哀切な声　苦痛にむせぶ声

掌は受話器　大地から湧き出す声を受信する　ユイに
届くほどの声で　大地のささやきを声になぞる
アーアー　お父さん　お母さん　……アーアアー
目が見えない　何も聞こえない　わたしどうなって
しまったの………アーアウー　空が燃える　大地が
燃えている………みず　水　水が飲みたい　だれか
水のませて………アアーアアー　眼を開けて　お願
いよ　お願いだからオッパイ飲んで…………アアア
ーーーお母ちゃん　助けて………

リンの頬に伝うものにリンは気づかない　ユイの頬に
伝うものにユイは気づかない　リンの脳裏にまざまざ
と　七十年前の見渡す限り焼野が原となった街が現像

される　一瞬にして溶けた街　人が蒸発し影だけが石
段に刻まれた街　男とも女ともわからない垂れ下がっ
た皮膚の群れ　原子雲――身体を痙攣させ意識を失う
リン　あわてていざり寄るユイ

風が途絶え　十三夜の月が昇りはじめた

# 祈り　3

## リンとユイ　9

凪いだ海に陽光はやさしく降りそそぐ
白いすじ雲は秋の到来を告げ
風はなにも物語ろうとしない
振り向けば　見渡す限りの廃墟
ポツンと立つビルの残骸　生い茂る草々
リンとユイは声もなく茫然と佇む
北の陸前高田から海沿いに行脚して

リュックに寝袋を詰め相馬にたどり着いた

廃墟の中　かつての住居跡らしきあたり
花を供え跪《ひざまず》き両手を合わせている老婦人
陽射しは老婦人の丸い背を暖かく包んでいる
リンは沈みがちな心を奮い立たせ
三弦琴を奏で　追悼の歌を口ずさむ
鎮魂の調べにユイはゆるやかに巫女のように舞う
いつしか間近で聞いていた老婦人は
二人の前に竹の皮包みのおにぎり二つ置いて
両手で二人を伏し拝むようなお辞儀をして立ち去った

二人の追悼の行脚はここで終わる
この先には立ち入ることができない

この先は原発事故避難指示区域
住民もこの先何十年も帰還することはできないだろう
〈どうして？　原発ってそんなに恐ろしいものなの〉
ユイはチェルノブイリの原発事故を知らない
事故のもたらす苛酷な状況を知らない
〈ユイはヒロシマで　原爆投下によってもたらされた
悲惨な現実を見てきただろう　人間は手にしてはな
らないものに手を出したのだよ　それは人類を滅亡
に追い込む最終兵器　ヒトという生物は自らの際限
ない欲望と　さかしらな知によって滅びを迎えるか
もしれない――〉

人類にはもはや未来はないのだろうか
未来に一穂の灯火が消え残っているならば

あと何千何億の人間が戦争で殺し合えば
あと何基の原発が自然災害やテロで爆発すれば
あと何発原爆が投下されれば
人間は目覚めるのだろう
人間は青い惑星でこの上なく恵まれていることを
〝足るを知る〟ということに気付いていない
炎は今まさに消えかかろうとしているというのに――
リンの声音には穏やかな陽射しとはうらはらに
悲痛な響きを湛えていた

リンとユイはこの遍歴の旅で見てきた
ひとはこの上なく残酷にも優しくもなれることを
大義という名目で　恨みも憎しみもなく
人の尊厳を踏みにじり　殺戮する同じ人間が

あの少年の　あの老婆の　あの青年の　折々の
一切れのパンを　おにぎりを
慈愛の眼差しを　心尽くしと赦しを
この津波と原発事故で出会ったゆきずりの人たちの
優しさを　思いやりを　忍耐強さを
ひととはかくも美しい魂の持ち主であることを

日が西に傾き　風が出てきたようだ
リンはまた三弦琴を爪弾きはじめた
自分の心に問いかけるように
ユイはその竪琴の音が泣いているように思われて

# 祈り　4

## リンとユイ　10

海風の渡る丘　寄せては返す波の音　波の音は悠久の
時を刻む星の動きと連動しているのか　寝袋に包《くる》まっ
ている二人は　瞬《また》く星々の声に耳を澄ませている
〈東の国でオレを呼んでいる　行かねばならない　今
度の旅はオレ一人で――わかってくれるね　ユイ〉
しばしの沈黙の後で　声を絞るように問いかける
〈わたしはついて行けないの？〉

そうは言いつつもユイは覚っていた　心の声は
別れの時が来た　私には私の果たさねばならない使命がある　と
その使命とはどのようなものかはわからないが　心の声は絶対であることも覚っていた

果てし無く遠い宇宙のいつの時からか　二人の運命はソウル・ボンドによって繋がれ　幾度も繰り返しめぐり逢ってきた　どこで　どのような姿・形で出逢いどのような愛を紡いできたのかは判然しないが　皮膚の細胞のひとつ一つがそれを覚えていた　堅く結ばれた二人　かかればこそ　大きな橋のたもと　石畳の上で竪琴を演奏していたリンと初めて逢って　〝このひと〟と覚《さと》り　声をかけたのだ

凪が出てきたようだ　琴座のベガ星の瞬きが揺らぎ
草の匂いが立ち込めてきた　昇り始めた十三夜の月は
朧《おぼろ》で　それはユイの目がうるんでいるせいかもしれな
かった

かけがえのないひとを　わたしの魂そのもののひと
を喪いたくない　ああ　凪よ　お前に心があるなら
ば　わたしの想いと哀しみを　そして叫びを伝えて
おくれ――

胸中渦巻くさまざまな声を押し殺し　ユイは凪のささ
やきと海鳴りの合奏を　聞いているふりをし続けた

〈ユイ　まだ起きているだろう……お前は若くして故
郷に別れを告げたけれど　お父さんやお母さんのこ

とを思い出すだろうね〉
むしろリンの方が沈黙に堪えかねたように話しかけた
〈それはあるわ　いつもあるわ――〉
蘇《よみがえ》る両親のあの日あの時の顔　遥かな山並み　草原
羊や牛たち　野イチゴを摘んだ林――ユイは頭を振っ
てそれら懐かしいものを追い払う　いまここで泣いて
しまうと　きっとリンを傷つけてしまうから
〈リン　また逢えるよね〉
〈かならずね　おそらくまた別の銀河の美しい星でね
記憶になくとも　オレとユイはこれまで幾度となく
出会ってきた　これからもそうだろう　この宇宙の
果てなく続く時の流れにくらべれば　きっとすぐに
も逢えるに違いないよ〉
宇宙の知的生物は　発達する科学と自らの飽くなき欲

望によって終焉を迎えてきた　時には滅亡を予見しながら制御できなかった
この星もいずれ人が住めなくなる日が近い　人類は文明によって興り　文明によって滅ぶ運命なのかもしれない　しかしそれを　いまユイに告げるのは酷だ
〈うん　そうだよね　きっと逢えるよね　あっそれからね　ユイにはオレの友だちを付き添わせるよ　一緒に旅をするといい　きっとユイを護ってくれるよ〉

秋の夜空は透明度を増して更けてゆく　二人は互いを気遣って寝たふりをよそおいながら　己がじし　秘めた想いを胸に　未来の不吉な予感におののいていた

# 犠牲　1

## リンとユイ　11

初めてカナンの大地を踏みしめたとき
顔や手足の皮膚がチリチリとそそけ立った
　運命の大地カナン　カナンよ　汝は
オレに何を求め　何を成さしめようとしているのか

わずか周囲一キロ四方の古い城壁に囲まれた
旧市街エルサレム　祈りと血の古都エルサレム

イスラム　ユダヤ　キリスト教の聖地
リンは早速　糞門《ふんもん》で厳しい検問の洗礼を受けた

嘆きの壁　神殿の丘　十字架の道
団体の観光客　巡礼者に混じり　喧噪の中を
リンはひとり聖地をめぐり歩く

心に茨の冠を戴き　足取り重くたどる石畳の道
遥か高く　空の青さに溶けこみ鳥の群れが渡ってゆく
ああ　もはやこの地から青い鳥は飛び立たないのか

# 犠牲　2

リンとユイ　12

ババーン　バンと子どもたちの銃撃をまねた声　銃を象《かたど》った木切れで戦争ごっこ　空爆で破壊された建物の残骸　ここかしこに　四〜五歳から七〜八歳までの十名ほどの子どもたち　中には大げさに胸を撃たれて倒れるしぐさの子ども　廃墟の中で　彼らの笑顔はまぶしいほどに明るい

心の裡なる声に導かれてやってきた　ヨルダン川西岸地区へブロン難民キャンプ　街の三分の一近くは瓦礫の堆積《たいせき》　その中で子どもたちは遊び　婦人たちはパンを焼き針仕事をする　リンは日増しに痩せ細っていく　ヒョロリと長い手足を持て余しているよう　瞳は日ごとに憂愁を湛えて澄んでゆく　鳥打ち帽を托鉢の鉄鉢代わりにして恵んでもらった一握りの生麦を　ポリポリ齧りながら飢えを満たして歩く

リンは歌わない　勇敢な兵士の歌を　ジハードと称して自爆する歌を　国家や民族の栄光の歌を　まして弔いの歌を
リンは歌う　愛の歌を　自由と平和の歌を　希望の歌を　鳥や花や風の歌を　三弦琴を弾きながら歌う　し

かし誰も聴く者はいない　子どもたちすらも　ただ夫
や息子を亡くした老婆のみが　作業の手をやすめ　耳
を傾けて目をうるませる

内部が丸見えの　半壊した建物の椅子に座っている老
人　火のついていないパイプを銜《くわ》え　何度も読み返し
た二日前の新聞に目を通している　イスラエルのハイ
ファで　自爆テロにより子ども二人を含む六名が死亡
と書かれていることは　リンは知るよしもない　実は
自爆テロにかかわった組織の人間が　最も多かったの
がこのヘブロン難民キャンプだった

リンは立ち止まり　老人に目を留める　たとえようも
ない懐かしさが胸に滲みる　記憶もおぼろげだが　五

歳頃まで慈しんでくれた祖父に　どこか面差しが似てはいないかと　顴骨《かんこつ》高く　顎が引き締まっているところ　それにもまして　新聞越しに見つめる鷹のように鋭い眼差し　見た目は怖いが　リンには優しい祖父だった

このとき　研ぎ澄まされたリンの予知能力が　緊急事態を警告した　耳を澄ます　南西の方角からかすかなヘリの音　目を向けると空の青さを弾いて三機の白銀のきらめき　ヒジャーブ姿の女性が何やら叫びながら　建物の中に駆けこんだ　いち早く子どもたちが姿を消す　ところが五歳ほどの子どもが転倒し　どこを打ったのか膝を折って泣きはじめた　ヘリのプロペラの音が間近い　リンの予知の警告シグナルはさらに急

を告げる　祖父に似た老人か　はたまた子どもか――
とっさにリンは子どもに走り寄り覆い被さると同時
に　イスラエル軍のアパッチ戦闘ヘリがロケット弾を
発射した　空気を切り裂く音　ついで衝撃音　爆風で
吹き飛ばされた二人　ロケット弾の破片　コンクリー
トの破砕片がリンの身体に無数に突き刺さる　痛みは
感じない　第二のロケット弾が　老人の住む半壊の建
物を直撃した

人の命は　竈《かまど》の煙突から立ち上る煙のようにはかなく
軽い　軽いのだが　自分の命にも増してユイの命はこ
よなく愛しい　この胸に抱いている子どもの命も　な
らばなべて人の命は尊いものであるはずだ　ああ　し
かし　人類は自らの暴力性「共喰い」によって滅ぶの

であろうか　神は〝愛〟を説いておられるのに　神の
御名においてなされる際限ない報復の殺戮　もはや憎
しみに彩られたこのカナンの地には神はいない　瓦礫
の中　負傷した民衆の中にこそ神はおわす　この子の
中に　祖父に似た老人の中に――

薄れゆく意識の中で呼びかける
おお　神よ　なにゆえに　かくも……

# 犠牲　3

リンとユイ　13

立ちこめるきな臭い硝煙の匂い
不穏な静寂
不意に　魂の抜け出た男の腕の中で
子どもが泣き始めた

カナンの地にしるべもなく
涙が刻んだ歴史の跡を辿ってきた

運命という軛《くびき》に導かれ
愛する者を異国に残して

この青い水の星から
無名の吟遊詩人の生命が
喪われたことを　誰も知らない
野良犬一匹が飢えて死ぬほどにも

ただ陽が翳《かげ》りはじめた初秋の陽射しが
死体の陰影を濃く隈取り
空では弧を描きながら
ピーエーとノスリが啼いているだけ

# レクイエム　1

リンとユイ　14

港から港へ　街から街へ
生活のなごりをとどめない異邦人
髪に挿した白いハナカンザシに
虹色の夕焼けが憩っている

何かが変わり　移ろっている
鳥の歌声も　風の囁《ささや》きも　空の色も

目にし　耳にするもの　なべて
現実感の失せた　淡い色調

小さな町の祝祭日
鈴を振り　唄い　踊る　そのとき
一筋の目に見えない白光がユイを貫いた

いま　この時　遠くカナンの地で
今わの際に叫んだ神への問いかけの言葉
ユイの胸に山彦のように谺《こだま》する

# レクイエム　2

## リンとユイ　15

大都会で　街で　村々で
リンが作詞作曲した歌を
遺志を受け継ぎ　唄い踊るユイ
少女に似合わない深く澄んだアルトは
道行く人々の歩みを止め
生きる喜びと哀感に
ひと時の憂さを忘れさせ

安らぎを与えた

人なかにいればこそ
ひとしお孤独は身に滲みる
淋しさに堪えかねると
野原や森に　誰もいない海辺に唄う
想いのたけを詞に託し　唄い　呼びかける
この時　鳥は枝に羽根を休め
動物たちは首を垂れて聴き入る

私には愛するひとがいる
おお　愛しい想い出の数々
リン　リン　どこにいるの
夢の中でもいいから逢いたいよ

私は感じる
リンの息吹を
風に　空に　一枚の落葉に
待っていてね
私がゆくまで　約束の星で

ユイはいま直ぐにでも　リンに
迎えに来てほしいと願いつつも
各地をめぐり唄い　踊り　遍歴する
いつしかユイの後を
一頭の犬が付き添う姿があった

# あとがき

私は死後の天国・地獄の存在は信じていませんが、魂の再生は信じています。勿論、何の根拠もありませんが、これは単なる願望ではなく確信しているのです。生前強く結びつけられた魂同士は、やがて時空を超えて何時の時代にか、もしくは他の銀河系の惑星に生まれ変わるものと信じています。その時、その魂同士は親子か兄弟かもしくは恋人として、強い絆でめぐり合うだろうことを。このような信念からこの叙事詩が生まれました。

街の大規模な書店に出かけましても、書棚に詩集や詩誌が置かれているのはほんの限られた場所です。同じ韻文関係を取り上げましても短歌・俳句の月刊誌・季刊誌はまだ並んでいますが、詩誌はほとんど姿をみかけません。それほど世間的には詩に対する関心が薄れているようです。しかし、日本にも諸外国にも感動間違いなしの素晴らしい詩が数多あります。是非とも手に取って読んでもらいたいものです。

以上のような思いから、読んで面白く、ちょっぴり寂しくて、読後に愛について や人間や星の運命について、多少なりとも考えていただく契機になればと考え、このような叙事詩の形式を取らせていただきました。『時空を翔ける遍歴』は『マユと不思議な仲間たち』『幻想詩集』と続く叙事詩三部作の第一作目にあたります。ご期待下さい。

最後になりましたが、この詩集を出版するにあたり、土曜美術社出版販売社主の高木祐子様には、なにかとご配慮をいただきましたことをここに感謝申し上げます。

二〇二〇年七月七日

築山多門

**著者略歴**

**築山多門**（つきやま・たもん）

1945年8月7日、岡山県生まれ。
岡山県立朝日高校、早稲田大学教育学部国語国文科卒業。
詩集『流星群』『龍の末裔』『風の葬列』『かいぞく天使』
　　『はぐれ螢』『夢を紡ぐ者』
日本詩人クラブ会員
詩誌「漪」「いのちの籠」同人。

現住所　〒225-0025　神奈川県横浜市青葉区鉄町 1099-5

叙事詩　**時空《じくう》を翔《か》ける遍歴《へんれき》**

発行　二〇二〇年八月十日

著者　築山多門
装丁　直井和夫
発行者　高木祐子
発行所　土曜美術社出版販売
〒162-0813　東京都新宿区東五軒町三—一〇
電話　〇三—五二二九—〇七三〇
FAX　〇三—五二二九—〇七三二
振替　〇〇一六〇—九—七五六九〇九

印刷・製本　モリモト印刷

ISBN978-4-8120-2574-1　C0092